Attrice Dominante

Collezione di dominazione erotica

Erika Sanders

Attrice Dominante

Erika Sanders

Collezione di dominazione erotica

Sinossi

5

Il padre di Angie è il proprietario di un vecchio albergo.

Un grande studio di Hollywood vuole girare scene per un film dell'orrore in hotel.

Angie incontrerà la sua attrice idolo, Helga, che è una lesbica segreta Domina...

Attrice Dominante è un romanzo con un forte contenuto erotico BDSM e, a sua volta, un nuovo romanzo appartenente alla collezione Erotic Domination, una serie di romanzi ad alto contenuto romantico ed erotico BDSM.

(Tutti i personaggi hanno 18 anni o più)

Nota sull'autrice:

Erika Sanders è una scrittrice di fama internazionale, tradotta in più di venti lingue, che firma i suoi scritti più erotici, lontani dalla sua solita prosa, con il suo cognome da nubile.

Indice

ATTRICE DOMINANTE
ERIKA SANDERS

CAPITOLO I

Il padre di Angie era il proprietario del vecchio albergo.

Era qualcosa di piccolo. Solo 5 piani. Era stato con la sua famiglia per diverse generazioni. Il padre di Angie viveva lì mentre gestiva il posto e anche Angie è cresciuta lì.

Dopo essersi trasferita per un breve periodo al college, Angie era tornata in hotel mentre cercava un lavoro tutto suo. Era sempre felice di aiutare suo padre e gli piaceva incontrare nuove persone qui. L'altro vantaggio era che poteva vivere gratuitamente in una bella stanza.

Un giorno, Angie era seduta dietro il bancone annoiata. Ha letto un blog di moda sul suo telefono per passare il tempo.

Le cose sono cambiate quando suo padre le si è avvicinato con un sorriso stampato in faccia.

"Ho una sorpresa", ha detto.

Lo guardò con un'espressione annoiata. "Altre commissioni da sbrigare?"

"Non essere sarcastico. Ho grandi notizie e ho aspettato che le cose venissero confermate prima di potertelo dire. Un grande studio di Hollywood vuole girare scene per un film qui. Hanno guardato il nostro hotel e hanno deciso che andava bene".

È stata presa alla sprovvista. "Wow. Come mai non lo sapevo?"

"Il regista è venuto qualche mese fa in location scouting quando eri ancora al college. Sarà un film dell'orrore".

"Chi è il regista?"

"Indovina un po'. È qualcuno che apparentemente è molto famoso."

Posò il telefono, interessandosi. "Hmm... beh, ho letto che ci sono diversi film horror in sviluppo. È Nolan o Fincher ?"

"Qualcuno di nome Le Moreau. Ne hai sentito parlare?"

Gli occhi di Angie si spalancarono. "Hai detto Le Moreau?"

"Un ragazzo alto, un po' vecchio, con dei baffi folti. Parla con un accento francese."

"Molto fantastico! Penso che sia un regista straordinario. Uno dei migliori che sia mai esistito."

"Così ho sentito", ha risposto. "Comunque, ho appena avuto la conferma. Saranno qui il mese prossimo per tre settimane di riprese. Anche molti membri del cast e della troupe rimarranno qui durante quel periodo. Saremo molto impegnati".

"Eccellente per gli affari. Sai chi recita? Qualcuno famoso?"

Sorrise: "Un'attrice poco conosciuta di nome Helga. Suona familiare?"

Gli occhi di Angie si spalancarono ancora di più. "Per favore, non scherzare in questo modo. Dico sul serio. Se questo è uno scherzo, allora non è divertente."

"Scherzi su una cosa del genere?"

"Ricordi quando hai detto di avermi comprato un unicorno magico?" lei ricordava. "Non riuscivo a smettere di piangere quando ho scoperto che non era vero".

"Angie, avevi 12 anni. Sono passati dieci anni. Ti ricordi ancora?"

"Alcune cicatrici non guariscono mai", ha detto con una gioia per tormentare il suo amorevole padre, in un modo che solo una figlia può fare apposta.

"Beh, ti sto dicendo la verità."

Prese il telefono che aveva in tasca e lo cercò. Ha poi mostrato ad Angie una foto, che era di lui con Helga.

"Oh mio Dio," ansimò. "E Helga resterà qui?"

"Sarà all'ultimo piano. La camera deluxe."

"Per tutte e tre le settimane?"

"Finché filmano qui", ha convenuto. "Questo è il piano."

"Puoi scusarmi mentre svengo?"

CAPITOLO II

Helga era una vera star del cinema. Ha iniziato come un adolescente sensazionale grazie a un popolare programma televisivo.

Anni dopo, Helga è passata con successo a un'attrice credibile. Ha ottenuto grandi ruoli nei film. Si è allontanata dalle commedie per cui era nota e si è concentrata su ruoli drammatici. Non passò molto tempo prima che diventasse un'attrazione al botteghino e un'icona della moda.

C'erano alcuni titoli sgradevoli sul comportamento da diva di Helga e richieste stravaganti. Ma non era niente da cui non potesse riprendersi. Tutto ciò di cui aveva bisogno erano alcune apparizioni in talk show a tarda notte e avrebbe fatto innamorare il pubblico di lei. Con la sua personalità e il suo viso carino, nessuno ha potuto resistere.

Era anche lesbica.

Quello era il suo segreto gelosamente custodito. Solo un piccolo gruppo di persone lo sapeva. Il gioco di Helga era quello di far fare alle sue fan i suoi ordini sessuali. E non ha mai fallito.

CAPITOLO III

Era il primo giorno di riprese in hotel. Helga aveva già filmato la scena dell'arrivo. Ore dopo, hanno filmato un'altra scena in cui Helga entra per la prima volta nella sua stanza d'albergo.

La stanza utilizzata per le riprese è stata ristrutturata dalla troupe cinematografica per darle un aspetto più rustico. Perfetto per un film dell'orrore.

Nel frattempo, Angie ha guardato con soggezione mentre il suo idolo lavorava. È stato un sogno che si è avverato vedere la grande Helga in azione. Sfortunatamente, a causa di una disposizione contrattuale, nessun altro oltre ai membri del team è stato autorizzato a parlare con Helga o chiederle autografi. Ancora una volta, il comportamento da diva dell'attrice era in evidenza.

Dopo le riprese, Helga è salita nella sua camera di lusso all'ultimo piano.

Angie era abbagliata mentre tornava nell'atrio. Non riuscivo ancora a credere che stavo guardando un film che veniva girato. È stato un processo affascinante. Essendo un'appassionata osservatrice di film, lo adorava.

Poi vide suo padre con una pila di asciugamani.

"A cosa servono quelli?" chiese Angie, conoscendo già la risposta.

Lanciò uno sguardo esitante. "Sai."

"Pensi che potrei..."

"No, mi dispiace. Le regole sono regole. I fan non possono parlare con lei. Nemmeno con te."

"Ma io lavoro qui", ha confutato.

"Anche tu sei un fan. Non vuole essere disturbata. Ecco perché lo sto offrendo personalmente."

Angie si alzò e bloccò l'ascensore. "Ho lavorato molto duramente la scorsa settimana per sistemare l'intero team. Ho aiutato a sistemare tutte le stanze. E quando Helga si è presentata prima, non le ho detto una parola".

"Mi stai rendendo tutto molto difficile."

Sbatté le palpebre. "Mi comporterò al meglio. Per favore?"

"Va tutto bene, tesoro," disse con riluttanza, porgendole gli asciugamani. "Promettimi che non le chiederai un autografo e non la disturberai."

Ha preso gli asciugamani. "Ho già il tuo autografo sulla ricevuta che hai firmato prima."

Detto questo, Angie si voltò allegramente e andò all'ascensore. Il pulsante per andare al quinto piano è stato premuto a un ritmo rapido.

CAPITOLO IV

Bussò alla porta un paio di volte prima di ottenere una risposta. La porta si aprì e c'era il suo idolo. I capelli dell'attrice erano ancora bagnati da una doccia recente.

C'è stato imbarazzo per un momento quando Angie si è trovata faccia a faccia con il suo idolo. La sua bocca si spalancò un po' e rimase senza parole.

"Ciao," disse Helga. Quegli asciugamani devono essere per me.

"Io... ummm... sì... immagino che lo siano."

Helga sorrise: "Entra. Ti do una mancia."

"È permesso? Voglio dire, ti dispiace?"

"Ti ho invitato, vero?"

"Corretta."

Angie entrò nella stanza d'albergo e posò gli asciugamani su un tavolo vicino. Nel frattempo, Helga ha cercato dei soldi nella sua borsa.

"Tu lavori qui?" chiese Helga. "Non sei vestito con l'uniforme dell'hotel."

"Non sono ufficialmente un dipendente. Mio padre è il proprietario del posto. Sono cresciuto aiutando con piccole faccende o lavoro d'ufficio".

"Questo ha senso. Mi chiedevo perché una ragazza carina come te è rimasta sullo sfondo tutto il giorno."

Angie arrossì: "Non sono così carina. Almeno non in confronto a te."

"Non essere così duro con te stesso. Penso che tu sia molto attraente."

Helga ha consegnato ad Angie una nuova banconota da $ 20, che Angie ha cercato di rifiutare, ma l'attrice ha insistito.

"Grazie per il complimento e la mancia", disse Angie, accettando il denaro.

"Dimmi, cosa ci fa una bella ragazza come te che lavora nell'hotel di suo padre?"

"Beh, mi sono laureata da poco al college. Sto cercando un lavoro, ma nel frattempo rimango qui e aiuto mio padre."

Helga annuì. "Adorabile. I genitori sono molto importanti."

"Così vero."

"E vivi in questo edificio come tuo padre?"

"Sì. Alloggio gratuito."

"Stare meglio. Questo posto è bellissimo. Sei una piccola signora fortunata."

"Grazie," Angie sorrise.

"Cosa c'è di divertente da fare qui? Stai seduto tutto il giorno?"

"Di solito uso Internet o ascolto musica. Sono anche un'appassionata guardatrice di film e TV. Mi piace guardare, sai, cose tipiche per le ragazze della mia età".

Helga inarcò un sopracciglio. "Qualcosa che coinvolge una certa celebrità che è proprio di fronte a te?"

"Sono un tuo grande fan", ha detto Angie. "Scusa, ho promesso a mio padre che non l'avrei sollevato, ma è la verità."

"È?"

"Sì. Scusa se sembro una fan . So che non vuoi essere disturbato."

"Va bene," sorrise l'attrice. "Non mi dispiace chattare con i miei fan più accaniti. Soprattutto quando sono carini come te."

Angie arrossì di nuovo. "Grazie. Se hai bisogno di qualcos'altro, fammi sapere. Farei letteralmente qualsiasi cosa per te. Questo è come un sogno che diventa realtà per me."

Questa volta, lo sguardo negli occhi di Helga si acuì mentre guardava la giovane e innocente Angie.

"Qualcosa, eh?"

"Sì."

"Sai, qui abbiamo una troupe cinematografica efficiente. Ma potremmo sempre usare mani in più. Ti interessa qualcosa del genere?"

Gli occhi di Angie si spalancarono. "Veramente?"

"Sì davvero."

"Sembra un buon affare, ma non ho letteralmente esperienza con questo genere di cose. Non voglio rovinare il tuo film con la mia presenza goffa."

"Sciocchezze. Torna nella mia stanza domani alle 8 del mattino. Lavoreremo su qualcosa. Potrei avere delle idee per te."

C'era fermezza nella voce dell'attrice. "No" non era un'opzione. Quello che l'attrice voleva, l'ha ottenuto . Amava Angie. Ed è stato fatto.

CAPITOLO V

25

Quella notte. Angie aveva spiegato tutto a suo padre. All'inizio era scettico, chiedendosi se Angie avesse preso di mira l'attrice. Ma lei ha insistito sul fatto di non averlo fatto.

Mentre era a letto quella notte, tutto ciò a cui Angie riusciva a pensare era il suo idolo. Era un sogno diventato realtà. Non nei suoi sogni più sfrenati avrebbe potuto immaginare di essere così vicina a una celebrità famosa.

Pensò all'imminente incontro con Helga ea cosa avrebbe comportato. Aiutare a realizzare un vero film? Non c'è modo. Potrebbe essere? Oh.

L'intera faccenda la rendeva ansiosa. Avrebbe voluto poter confidare l'intera situazione ai suoi amici, ma era contro le regole.

Tutto quello che poteva fare era aspettare e vedere cosa aveva in mente Helga.

CAPITOLO VI

La prossima mattina. Angie si è svegliata presto e ha aggiustato il suo aspetto. Era leggermente truccata e aveva i capelli raccolti in una coda di cavallo. Non volevo sembrare troppo formale, ma non volevo nemmeno sembrare troppo casual.

Alle 7:55 ha aspettato al quinto piano fino al momento opportuno, poi ha bussato alla porta.

Helga aveva appena fatto il bagno, indossava una vestaglia di seta fine, i capelli appena asciugati e il viso truccato.

"Sono così felice che tu ce l'abbia fatta", sorrise l'attrice. "Andare avanti."

Angie entrò nervosamente nella stanza del suo idolo. Avevo le farfalle nello stomaco. Ha cercato di comportarsi in modo casuale. Nella sua fantasia più sfrenata, sperava segretamente di fare amicizia con l'attrice.

"Sai, ho pensato molto a te", ha detto l'attrice. "Penso che tu sia una persona che lavora sodo e devota. E mi piace il tuo atteggiamento. Le persone stravaganti sono divertenti in giro."

"Questo significa molto. Faccio sempre del mio meglio."

"Sono serio", ha dichiarato Helga. "Hai un tocco personale in tutto ciò che fai. Mi fai sentire un VIP".

Angie sorrise: "Grazie ancora. Inoltre, è facile da fare dato che sei letteralmente una persona molto importante."

"Hai pensato alla mia offerta?"

"Sicuramente. Mi piacerebbe aiutare in ogni modo possibile."

Helga ci pensò un momento. "Perché non ti siedi davanti allo specchio di cortesia? Lascia che ti guardi bene. Ne parleremo più tardi."

Era un'offerta ferma e Angie era euforica (anche se faceva del suo meglio per nascondere le sue emozioni). Si sedette alla toeletta e si guardò allo specchio. Helga era dietro di lei e si guardarono allo specchio insieme.

Helga fece scorrere le mani tra i capelli della ragazza e sciolse la coda di cavallo.

"Hai molte qualità attraenti", ha sottolineato Helga. "Capelli lisci. Pelle liscia. Contorni del viso delicati. E mi piace anche la tua personalità."

Angie arrossì, "Sei dolce".

"Cosa ci fa una bella ragazza come te bloccata in un hotel tutto il giorno? Non hai un appuntamento?"

"Non adesso."

"Ma tuo padre ti permette di portare i fidanzati, giusto?" chiese Helga.

"Certo, non gli dispiace. Ma è passato un po' di tempo dall'ultima volta che l'ho fatto."

Helga continuò ad accarezzare i capelli della ragazza. "Oh? E cosa significa? Sono sicuro che non hai problemi a trovare fidanzati. Quindi ci deve essere un altro motivo."

"E 'complicato. Immagino che sto ancora cercando di capire le cose."

Angie ha visto l'attrice sorridere mentre entrambi si guardavano nello specchio di cortesia. Era un sorriso sornione che si intonava al bel viso di Helga.

"So esattamente come ti senti a questa età", ha detto l'attrice.

"Tu pensi?"

Helga prese una spazzola per capelli e iniziò a spazzolare i capelli della ragazza.

"Certo. Sono un essere umano, proprio come tutti gli altri. E per dirla senza mezzi termini, molte donne a un certo punto mettono in dubbio la loro sessualità. Non c'è niente di cui vergognarsi".

Angie annuì lentamente. "È così strano sentirti dire questo. È facile dimenticare che le celebrità sono come tutti gli altri".

L'attrice si chinò e avvicinò le labbra all'orecchio della ragazza.

«Il nostro segreto», sussurrò Helga.

Angie sorrise mentre entrambi si guardavano allo specchio. "Il nostro segreto."

"A proposito di segreti," disse Helga, alzandosi per spazzolare di nuovo i capelli della ragazza. "Parliamo del mio film. Che ne sai tu?"

"Non molto. È solo che è un film dell'orrore e la troupe cinematografica ha aggiunto un mucchio di vecchi mobili per far sembrare questo posto vecchio e rustico".

"È eccitante per te?"

"Oh sì," riconobbe Angie. "Adoro i film".

"Hai mai visto Shining?"

"Dio, sì. La scena 'tutto il lavoro, niente gioco' è una delle migliori scene nella storia del cinema, IMHO. Nel complesso, è un vero capolavoro."

"Mi fa piacere che la pensi così," rispose Helga con tono divertito. "Perché stiamo facendo qualcosa di simile."

"Sembra fantastico. Non ho dubbi che sarà fantastico."

"Dovrei essere d'accordo. Le Moreau vuole fare qualcosa di simile a Shining e al film di Dracula di Coppola. Quindi è fondamentalmente un film horror psicologico con un forte sottofondo sessuale".

Angy acconsentì. "Posso solo ribadire che questo suona assolutamente incredibile. Sono sempre stato un ammiratore del lavoro di Le Moreau".

L'attrice posò la spazzola e appoggiò le mani sulle spalle della ragazza. Si guardarono insieme allo specchio e guardarono i loro riflessi.

"Potresti essere il mio assistente personale per le prossime settimane. Ti verranno assegnati compiti speciali per migliorare la mia performance di recitazione per questo ruolo".

"Sono senza parole," rispose Angie, quasi con le lacrime agli occhi. "Se vuoi davvero che io sia il tuo assistente, mi piacerebbe farlo. Sei il migliore."

"Farò qualsiasi cosa per qualcuno, se quel qualcuno fa qualcosa per me. Ti compenserò anche finanziariamente per il tuo tempo."

Angie si alzò e abbracciò il suo idolo. Fu un lungo e tenero abbraccio.

CAPITOLO VII

31

Ad Angie è stato chiesto di firmare un accordo di riservatezza. Era semplice e richiedeva ad Angie di mantenere tutto confidenziale riguardo alle sue interazioni con Helga.

Non ha avuto problemi a firmarlo.

Durante il resto della giornata, Angie ha visto Helga girare alcune scene. Il processo è stato affascinante. Ci è voluto molto tempo per installare le cineprese e l'illuminazione. Ogni scena di recitazione doveva essere ripetuta più volte per garantire che fosse perfetta.

Il padre di Angie non c'era. Era troppo impegnato a gestire l'hotel. Inoltre, non era molto interessato al processo di ripresa.

Ma per Angie è stata un'esperienza affascinante.

CAPITOLO VIII

La prossima mattina. L'incontro privato era previsto per le 6:30 al 3°
piano dell'hotel. Era la stanza in cui è stata girata parte del film.

Quando Angie arrivò, la porta era leggermente aperta e Helga
stava aspettando.

"Benvenuto nel nostro film," Helga sorrise. "Per favore chiudi la
porta."

Angie entrò e chiuse la porta. Si guardò intorno e si meravigliò
di come la stanza fosse stata trasformata.

Le due donne si sono scambiate convenevoli per la mattinata.
Era breve e semplice, e c'era ancora una leggera timidezza da parte di
Angie.

"Ti è piaciuto guardare il processo di creazione del film?" chiese
Helga.

"È stato fantastico. Mi piace davvero guardare il filmato. E penso
che le tue capacità di recitazione siano incredibili. È stata una vera
gioia guardarti".

"Beh, penso che sia finalmente giunto il momento per te di
adempiere ai tuoi doveri di assistente."

Gli occhi di Angie si illuminarono. "Qualcosa in particolare nella
tua mente?"

"Sì. Questo è un film horror con un'atmosfera molto erotica.
Come sai , prendo molto sul serio la recitazione. Mi piace entrare
nel personaggio prima dell'inizio delle riprese, in questo modo sono
molto più preparato. Soprattutto per le scene davvero importanti .

"Ha molto senso."

"Tra poche ore gireremo alcune cose importanti. Il mio personaggio vede immagini erotiche nei suoi sogni. È la prima volta che il mio personaggio lo sperimenta, quindi la scena dovrebbe apparire forte e credibile".

"Come posso aiutare?" chiese Angie.

"Ho bisogno che tu mi aiuti a mettermi dell'umore giusto. Niente di grafico. Ma voglio che tu poggi per me. Nudo."

"Nudo?"

Helga annuì. "Nella scena che gireremo presto, il mio personaggio è in uno stato di sogno e incontra uno spirito sotto forma di una donna nuda. È spaventoso, ma è erotico".

"Non capisco. Voglio dire, è proprio necessario che mi spogli?"

"Beh, è così che mi preparo per le grandi scene di recitazione", ha detto Helga. "Mi piace provare un po' e capire le cose."

Angie era confusa e scioccata. La sua espressione facciale rimase vuota per un momento mentre cercava di raccogliere i suoi pensieri.

"Io... ehm... è così strano."

L'attrice scosse la testa. "Per favore, siediti sul letto. Non voglio che ti senta strano. Voglio che ti senta a tuo agio e rilassata."

Entrambe le donne si sedettero insieme sul letto. Si guardarono negli occhi ed erano quasi faccia a faccia.

"Posso raccontarti una storia veloce?" chiese Helga.

"Sì, certo. Qualsiasi cosa."

"Il mio percorso verso la fama non è stato facile. E rimanere famoso è ancora più difficile. Quando ero una giovane star, avevo tutto. Le opportunità erano ovunque. La gente mi adorava. In televisione ero la cosa più importante".

Angie ascoltò attentamente mentre il suo idolo ricordava.

L'attrice ha continuato: "Quando lo spettacolo è finalmente finito, ero a un bivio nella mia carriera. All'epoca avevo già 19 anni.

Ero nota per essere la ragazza delle superiori in TV e all'improvviso ero troppo vecchia per recitare. quei ruoli. Non ricevevo più le stesse offerte. Temevo che la mia carriera nello spettacolo stesse già volgendo al termine".

C'era una tensione emotiva tra di loro mentre Helga metteva a nudo la sua anima.

L'attrice ha continuato: "Ma ero determinata ad avere successo. Ho assunto un nuovo manager e gli ho ordinato di trovarmi ruoli da adulto. Volevo mostrare al mondo che ero una forza. Volevo fare dei drammi per mostrare il mio talento di attrice. , come artista. Ho chiamato numerose volte registi e produttori. Mi sono preparato a fondo per ogni audizione".

Angie si è aggrappata a ogni parola pronunciata dal suo idolo.

L'attrice ha continuato: "Quello che voglio dire è che ho fatto tutto il necessario per avere successo. Ho lottato per le parti migliori. Quando ho ottenuto una parte in un buon film, mi sono comportato come se la mia vita fosse finita. E i risultati parlano per se stessi." Attualmente sono una delle attrici più famose al mondo, indipendentemente dalla fascia d'età".

"Questa è una storia così stimolante", ha risposto Angie, con le lacrime agli occhi. "Sei una fonte di ispirazione per le donne di tutto il mondo. Sei così talentuoso e sorprendente."

"Questa è l'etica del lavoro di cui hai bisogno se vuoi avere successo."

Angie deglutì a fatica. "Vuoi ancora che io... lo sai..."

"Non ti sto obbligando a fare nulla. Ho bisogno di un assistente dedicato però. Se non sei all'altezza del compito, posso sempre trovare qualcun altro. Nessun rancore."

Angie fece un respiro profondo. "Lo farò. Qualunque cosa ti serva per il supporto."

"Allora alzati e togliti il top."

Prendendo un profondo respiro, Angie si alzò e guardò il suo idolo, che era ancora seduto sul letto, in attesa, a guardarla. Angie si tolse la camicetta e tenne addosso reggiseno e pantaloni.

"Tutto il mio top?" chiese Angie con tono timido.

"C'è un problema?"

"Non."

Allungò una mano per sganciare il reggiseno, lasciandolo cadere a terra. È stato difficile portare le mani lungo i fianchi, ma è riuscita a farlo. Era sempre stata insicura riguardo al suo seno piccolo. Erano minuscoli con capezzoli rosa a punta. I suoi capezzoli si irrigidirono per l'esposizione.

"Penso che le tue tette siano adorabili", ha sottolineato Helga. "Non ti innervosire".

"Grazie."

Ora il resto.

"Qualunque cosa?" chiese Angie.

Helga inarcò di nuovo il sopracciglio. "A meno che, ovviamente, tu non voglia?"

Prendendo un respiro ancora più profondo, Angie si chinò per togliersi le scarpe ei calzini. Poi i suoi pantaloni. Infine, le sue mutandine. Era passato un po' di tempo da quando non si era tagliata i peli pubici, il che la metteva un po' in imbarazzo.

Angie era completamente nuda dalla testa ai piedi. Si sentiva umiliata dall'essere nuda davanti al suo idolo, tuttavia sentiva che stava servendo uno scopo importante.

"Molto carina," disse Helga, guardando la ragazza. "Hai un aspetto particolare che trovo attraente."

"Grazie. Vorrei poter essere sexy come te."

"Beh, potresti provare. Mostrami qualcosa."

"Tipo cosa?"

"Qualsiasi cosa", rispose Helga. "Ricorda, il mio personaggio nel film è in uno stato di sogno. E ha la visione di un bellissimo spirito nudo. Quindi, ricrea qualcosa del genere per me".

Angie si bloccò per un momento. Poi fece ondeggiare i fianchi nudi in una mossa sensuale, che doveva essere sembrata sciocca, pensò. Tuttavia, fece sorridere Helga.

"Piace questo?" chiese Angie.

"Va bene. Girati. Mostrami il sedere."

Angie si voltò e mostrò il suo sedere nudo all'attrice. Ha poi continuato a dondolare di nuovo i fianchi.

"Bel culo," fece notare Helga. "Anche buone mosse."

"Ho preso lezioni di danza del ventre con un'amica, ma è stato qualche anno fa. Sono un po' arrugginita".

"Posso dire", riconobbe Helga. "Ora, secondo la sceneggiatura , vedo lo spirito nei miei sogni, poi la seguo lungo il corridoio, poi giù per le scale fino al piano di sotto".

C'era una serietà nella voce dell'attrice, come se si aspettasse che succedesse qualcosa. Improvvisamente, Angie divenne di nuovo molto consapevole della sua nudità.

"Vuoi dire... vuoi che io..."

Helga annuì. "Le prove sono molto importanti per me. Non vuoi che faccia un buon lavoro per questo film?"

"Certo che si."

"Esci nel corridoio. Poi scendi le scale. Ti seguirò da vicino."

"È legale?" chiese umilmente Angie.

"Non hai prestato attenzione a nulla di quello che ho detto? Il successo dipende dal duro lavoro e dalla dedizione. Sono una celebrità internazionale per via della mia etica del lavoro. E mi aspetto che i miei partecipanti mostrino lo stesso livello di dedizione".

C'era una serietà nell'attrice che non poteva essere negata. Era un lato dominante che non era mai stato mostrato al pubblico. È scomparsa l'immagine pubblica familiare di Helga. È finito il suo comportamento da brava ragazza. Era un assaggio della vera Helga.

E Angie si sentiva impotente.

"Le persone di solito non sono sveglie in questo momento. Ma possiamo farcela."

Helga sorrise: "Questo è l'atteggiamento che mi piace sentire".

Con le mani tremanti, Angie si voltò verso la porta. Divenne molto più consapevole della propria nudità. Helga si alzò e aprì la porta della stanza. C'era uno sguardo malizioso sul viso dell'attrice, che annuiva con approvazione.

Era tempo. Angie sapeva esattamente cosa doveva essere fatto. E non c'era modo che avrebbe deluso il suo idolo.

Angie guardò in fondo al corridoio. Guardò in entrambe le direzioni per assicurarsi che non ci fosse nessuno. La stanza era vuota. Angie fece il grande passo ed entrò nel corridoio con il suo corpo nudo.

Sentì la porta chiudersi dietro di lei mentre camminava. Helga la seguì. È stata un'esperienza straziante mentre camminava nuda lungo il corridoio. Il suo corpo era rigido e i pugni serrati.

"Sii più rilassato", disse Helga, seguendo la ragazza nuda. "Il personaggio dello spirito femminile si muove lentamente e sensualmente. Ricorda, è in un sogno."

Angie fece un respiro profondo e camminò più lentamente e in modo più sensuale, muovendo i fianchi a ogni passo. Nel frattempo, ha pregato che nessuno la vedesse, specialmente suo padre. È stato un momento terrificante. Il suo cuore batteva forte. Ma allo stesso tempo, i suoi capezzoli si irrigidirono con un potente sentimento esibizionista.

Finalmente raggiunsero la fine del corridoio. Grazie a Dio. Ma il peggio non era passato. Non ancora. Salì sulle scale, i piedi nudi che toccavano il pavimento freddo. Scese al secondo piano.

Aprì la porta del secondo piano dopo aver dato una rapida occhiata. Il corridoio del secondo piano era vuoto. Grazie a Dio, ancora.

Angie entrò nel corridoio, non sapendo quanto lontano andare. Continuava a camminare, nuda, con il suo idolo proprio dietro di lei. Fu il momento più imbarazzante e insolito della sua vita.

"Andiamo nelle terme", disse Helga. "Puoi prendere una vestaglia lì e possiamo parlare per un po.'"

Dopo diversi lunghi e lenti passi, raggiunsero finalmente la piccola stanza termale di quel piano. Angie aprì la porta ed entrarono entrambi. Tirò un sospiro di sollievo che la sua passeggiata nuda fosse finalmente finita.

"Sei stato di grande aiuto nella mia preparazione", ha detto Helga. "Grazie."

"Prego," rispose Angie con voce tremante.

Angie prese un asciugamano per coprire la sua nudità, ma Helga appoggiò forte la mano sull'asciugamano, inchiodandolo al tavolo. Erano faccia a faccia.

"Come ti senti?" chiese Helga.

"Non lo so," Angie scrollò le spalle. "Vulnerabile, immagino. È stato piuttosto strano."

"Io ti piaccio?"

"È stato eccitante, immagino. Il mio cuore batte come un matto."

"Questa è una buona cosa. Ti fa sentire vivo, vero?"

Angy acconsentì. "Immagino. Sì, hai ragione."

Helga si chinò in avanti e baciò la ragazza nuda sulle labbra. Angie non resistette. Come poteva resistere al suo idolo? Fu un bacio dolce e amichevole.

Poi Helga si chinò e toccò le labbra di Angie. Si strofinò delicatamente e la punta del dito entrò, solo un po'.

"Sei bagnata," fece notare Helga.

Angy arrossì. "Proviene da quella passeggiata. Era così... non so come descriverlo."

"Non preoccuparti. Alcuni piaceri non possono essere descritti."

"Cosa succede dopo?"

"Stai facendo un ottimo lavoro come mio nuovo assistente. Ma queste riprese hanno scene più importanti da girare. E avrò bisogno del tuo aiuto. Il tuo allenamento continuerà domani. Per ora, puoi usare l'asciugamano".

Helga lasciò cadere l'asciugamano e Angie lo afferrò e se lo legò intorno al corpo. C'era un altro sguardo malizioso sul viso di Helga. E Angie si chiedeva cosa intendesse l'attrice con la parola "formazione".

CAPITOLO IX

41

Poche ore dopo, sul set è arrivata una modella con indosso un camice bianco. Era giovane e bella. C'erano strani simboli dipinti sulla sua faccia per il film. Quando è arrivato il momento di iniziare le riprese, la modella si è spogliata e si è spogliata spudoratamente. Il suo volto è rimasto inespressivo durante le riprese.

Helga ha dato una bellissima interpretazione come attrice. Hanno fatto alcune riprese finché il regista non è stato soddisfatto. Quando la scena è stata completata, la troupe ha applaudito Helga e la modella nuda.

Quella notte, Angie andò a letto pensando agli eventi della giornata. Camminare nuda per il corridoio era la cosa più strana e insolita che avesse mai fatto. Ma ne è valsa la pena. Il suo idolo l'aveva elogiata. E in un modo strano, sembrava tutto a posto.

Angie si è infilata una mano nelle mutandine e ha usato due dita per strofinarsi il clitoride. Continuò a strofinare fino a raggiungere il risultato desiderato.

CAPITOLO X

Di mattina presto. Al quarto piano dell'albergo stava aspettando la produttrice del film.

La produttrice del film era una donna alta e severa che teneva un'espressione senza fronzoli sul viso. Era anche una visione di bellezza matura. Il suo corpo era voluttuoso e sinuoso nei punti giusti. Si muoveva con raffinatezza e grazia.

Dopo aver bussato alla porta, la produttrice femminile l'ha aperta per vedere Angie che aspettava.

"È un piacere conoscerti formalmente," disse con tono serio.

Angie sorrise: "Allo stesso modo".

Le due donne si strinsero la mano e Angie entrò nella stanza d'albergo.

Si scambiarono chiacchiere. La produttrice femminile è stata piena di lodi per il bellissimo hotel e il personale meraviglioso. Angie è stata grata di essere coinvolta nel film e ha spiegato di essere una grande fan del lavoro della produttrice.

"Helga ha spiegato la natura del nostro incontro privato?" chiese la produttrice.

"No, non proprio. Era un po' vaga a riguardo."

La produttrice annuì. "Come sai, Helga è un'attrice molto poco ortodossa. Ha un talento incredibile e le piace che le cose siano fatte in un modo particolare".

"Ho notato."

"Sono sicuro che l'hai fatto. Helga mi ha parlato delle tue mestruazioni nude ieri mattina. È stato molto coraggioso da parte tua."

Angie arrossì: "Beh, ha funzionato, vero?"

"Hai ragione, Helga ha fatto un'altra ottima prestazione e ho intenzione di continuare così".

"Sembri dedito a questo progetto."

"Lo sono," disse severamente. "Sto investendo milioni di dollari in questo film. Naturalmente, è nel mio interesse assicurarmi che questo film abbia successo".

"Ha molto senso", concordò Angie. "Penso che tutti stiano facendo un lavoro straordinario. Sembra che questo film sarà davvero fantastico".

Il suo viso è rimasto serio. "Mettiamoci al lavoro, va bene?"

"Bene."

"Probabilmente avrai notato che Helga ha gusti unici."

"Tipo cosa?"

Aguzzò il suo sguardo. "Hai davvero bisogno che te lo spieghi?"

"Penso di aver capito," rispose Angie docilmente.

"Bene. Ora, Helga ha bisogno del tuo aiuto per le riprese di oggi. E mi ha chiesto di essere il tuo istruttore. Sai cos'è un lanugine ?"

Angie sembrò perplessa per un momento. "Beh, la definizione scherzosa di ' fluffer ' è una persona che lavora su un set porno e fa eccitare le persone tra una ripresa e l'altra? Quel tipo di lanugine ?"

"Avresti ragione," disse, il viso ancora serio. "Ed è quello di cui avremo bisogno per oggi."

"Penso di non capire".

"Helga ha bisogno di un pasticcio . Capisco che sei all'altezza del compito."

Angie si bloccò. "Un lanugine ? Per un film dell'orrore?"

"Per questo film in particolare, sì. Ci sono un certo numero di scene erotiche o di nudo e Helga ha chiesto l'aiuto di un lanuginoso

. Voglio dire, ti vuole per il lavoro. Ovviamente, verrai pagato per i tuoi doveri".

Fu un punto di svolta per Angie. Le sue responsabilità presto includerebbero essere una millantatrice per il suo idolo. Pensò velocemente. Il tempo era essenziale quando la produttrice femminile la guardò con un'espressione acuta.

"Lo farò", disse Angie con fermezza.

"E sei sicuro di questo?"

"Sì, lo sono. Spero che lo sia. Non ho mai fatto questo genere di cose prima. E con Helga- wow . Per me è tutto così nuovo."

Il produttore annuì. "Molto bene. Se decidi di ritirarti, possiamo sempre trovare un altro pasticcio ."

"Grazie. Spero che non si arrivi a questo."

"Ora, riguardo alle tue responsabilità, Helga mi ha detto che sei relativamente inesperto con le donne, giusto?"

"Giusto."

"Ma sei anche curioso, vero?"

"Sì, è vero," rispose Angie con un po' di imbarazzo.

"Qual è il tuo livello di esperienza con le donne?"

"Principalmente pomiciare con un'ex coinquilina del college. E ci piaceva toccarci le tette a vicenda. Questo è tutto."

"Quindi non hai alcuna esperienza con la vagina di un'altra donna?" ha chiesto senza mezzi termini la produttrice.

"No. Solo mio."

"È un'abilità abbastanza facile da imparare. Specialmente con qualcuno con tendenze bisessuali come te."

Angie arrossì: "È un modo strano di dirlo. Ma sono aperto all'apprendimento".

"Va bene. Ora, mettiti in ginocchio, signorina. Ti farò un breve corso di fluffing ."

"Adesso?"

"Dovrei trovare un altro pasticcio per Helga?"

"No, no, no. Lo farò."

Angie si inginocchiò e la statuaria produttrice cinematografica si fermò di fronte a lei. Era una posizione intimidatoria. Soprattutto perché la produttrice donna era così autorevole con un viso così severo.

La produttrice si è sbottonata la gonna, rivelando la sua vagina completamente nuda. Era ben rasato. Le sue labbra erano spesse e marrone scuro. Dentro c'era un'umidità scintillante.

Angie non aveva mai visto la figa di un'altra donna da vicino e la vista l'ha immediatamente accesa. È stata stupita dalla figa nuda.

"Guarda bene", ha detto la produttrice, indicando la sua zona. "Clitoride, labbra, apertura. È così semplice. Helga ama particolarmente la stimolazione del clitoride."

"Anche io."

"Bene. Saprai esattamente cosa fare. Perché non dai un tocco al mio? Sarò felice di darti la mia opinione."

Angie si allungò e si toccò il clitoride con la punta dell'indice. Lo accarezzò dolcemente, quasi intimidita dal toccare un'altra donna. Soprattutto una donna severa come lo era questa produttrice.

"Esatto", ha detto la produttrice. "Un po' più forte. Un po' più veloce. Non aver paura. Non morde."

Angie premette più forte e lo strofinò con un movimento circolare.

La produttrice donna ha aggiunto: "Hai un talento eccellente. Ora, la tua lingua".

"Vuoi che lo lecchi?" chiese Angie, quasi con un senso di eccitazione.

"Per favore, fallo. È ciò che piace a Helga. Il mio lavoro è curare i suoi migliori interessi. Ora, inizia."

Angie tirò fuori la lingua e si leccò il clitoride con la punta della lingua. Ha guardato la produttrice femminile per tutto il tempo. Mentre la punta della sua lingua era sul clitoride, ha notato che la produttrice ha finalmente cambiato le espressioni facciali e ha mostrato segni di piacere. Angie sapeva che stava facendo qualcosa di giusto.

Poi Angie mosse la lingua intorno al clitoride, facendo sussultare la severa produttrice.

"Eccellente. Mio Dio. Helga sarà molto contenta più tardi."

"Sono contenta," disse Angie, togliendosi brevemente la lingua.

Da brava ragazza, Angie si è rimessa la lingua sul clitoride.

"Mio Dio. Vuoi farmi un favore e continuare finché non avrò finito? Ti istruirò. Aggiungerò un bonus al tuo pagamento finale. Va bene?"

"Hmmm ."

Angie si leccò il clitoride, poi premette tutta la bocca sulla figa, facendo sussultare la produttrice.

CAPITOLO XI

Più tardi quella mattina. Le riprese dovevano riprendere al terzo piano. La stanza era gremita di persone mentre la troupe cinematografica sistemava le luci e la telecamera.

Helga indossava una camicia da notte. Era l'abito di cui avevo bisogno per quella scena. L'attrice ha trascorso alcuni momenti a parlare con il regista delle riprese. Quando hanno finito, l'attrice ha fatto l'occhiolino ad Angie.

"La produttrice donna ti ha insegnato tutto ciò che devi sapere?" chiese Helga.

"Tutto e di più ."

"Sei nervoso?"

"Sicuramente," ammise Angie. "Voglio dire, mi guarderanno tutti sbuffare ? O possiamo farlo in un'altra stanza?"

"Importa?"

"È un po' umiliante per me, non credi?"

Helga ha mostrato il suo caratteristico sorriso malizioso. Era quasi come se l'attrice si stesse godendo l'umiliazione provata da Angie. E non ha fatto alcun tentativo di nasconderlo.

"Purtroppo, deve essere in questa stanza", ha detto l'attrice. "Sarò sdraiato a letto. La telecamera sarà focalizzata sul mio viso. L'idea è che farò un sogno cattivo di quello spirito nudo. Per trasmettere correttamente quelle emozioni, dovrò essere ammorbidito".

Angy acconsentì. "Quindi vuoi che ti addolcisca, in questa stanza piena di gente, mentre la telecamera gira?"

Helga annuì di rimando. "Esattamente."

"Okay. Mio Dio. Wow. È un po' imbarazzante."

"Non essere imbarazzato. Sei su un set cinematografico professionale. Pensa a quante scene di nudo ha girato questa troupe. Credimi, è molto".

"Questo è un pensiero confortante. Ma comunque, sai..."

Helga ci pensò un momento. "Puoi nasconderti sotto la mia coperta. Dovrei comunque dormire nel letto."

"Grazie. Sembra fattibile."

"Mettiti sotto la coperta e scaldami finché il regista non dice taglia. Fai del tuo meglio."

"Capito," disse Angie con un debole senso di eccitazione.

"Sei entusiasta di questo?"

"È interessante," disse Angie con un tono più passivo.

"Sii onesto con me, Angie. Sono sempre stato estremamente onesto con te."

Angie scrollò le spalle e sorrise ironicamente. "Posso onestamente dire che sono eccitato. Mi piace l'esperienza di essere sul set di un film. Anche tu sei davvero bellissima".

"Sei attratto da me?"

Angy arrossì. "Chi non lo è?"

Il direttore è venuto e ha detto alla squadra di prepararsi. Le riprese stavano per iniziare. Diede le ultime istruzioni a tutti e disse a Helga di andare a letto.

Ma prima che Helga si sdraiasse per la scena, avvicinò brevemente la bocca all'orecchio di Angie.

«Sono così felice che stia succedendo», sussurrò Helga. "Volevo che mi mangiassi la figa dal giorno in cui ci siamo incontrati."

Mettendosi al suo posto, l'attrice strizzò l'occhio e sorrise mentre si sdraiava sul letto. Si coprì il petto con la coperta e finse di dormire.

Angie era perplessa. In un buon modo. È stato un commento sorprendente del suo idolo. E questo l'ha solo motivata di più.

Mentre il regista preparava la scena, Angie è scivolata sotto la coperta e ha potuto coprire solo la metà superiore del suo corpo.

"Oh azione!" gridò il manager.

Sotto la coperta era buio. Angie dovette tentare la sua strada. Il tempo era essenziale mentre la telecamera girava. Ha cercato di essere il più calmo e sottile possibile. Fece scorrere le mani sulle gambe di Helga. Alzò la camicia da notte. Ed eccolo lì. La figa esposta del suo idolo. Helga. La donna che adorava.

Le sue mani toccarono la figa nuda di Helga nell'oscurità della coperta. Era ben rasato. Probabilmente cerato. Sentì tutto e toccò le labbra di Helga. Era liscio e sottile. Assaggiò un po' e sentì che Helga era bagnata.

Angie piegò la testa in avanti e le piantò baci sulla fica.

"Un po' più di azione, per favore", disse il regista, come se non fosse impressionato. "Ho bisogno di espressioni facciali, o questa scena sembra una merda totale."

Quello era un segnale per Angie di mettersi al lavoro. Nessun preliminare. Almeno non in questo momento. Dannazione, pensò. Angie voleva i preliminari.

Tuttavia, si sentiva onorata di avere un'opportunità così speciale. Premette la bocca sulla figa di Helga e subito sentì le gambe dell'attrice contrarsi (molto leggermente). Qualunque cosa stesse facendo, ha funzionato. Angie premette forte la bocca contro le sue labbra. La sua lingua si leccava su e giù. Su e giù. Si leccò le labbra e l'interno. Di tanto in tanto, muoveva la lingua sul suo clitoride. Sapeva di paradiso. Era solo la seconda volta che Angie assaggiava la figa e, fortunatamente per lei, era la figa di una superstar di Hollywood.

Le gambe dell'attrice tremavano leggermente. Qualunque cosa Angie abbia fatto con la sua bocca, ha funzionato. E aveva un sapore delizioso.

" Ann taglia!" gridò il manager.

Un senso di delusione invase Angie. Volevo provare di più. Soprattutto, voleva far venire il suo idolo.

Con sua grande sorpresa, Helga gettò via la coperta. L'intera troupe cinematografica ha visto Angie con la bocca piena di figa. Angie sembrò perplessa e mosse rapidamente la bocca.

"La scena è pronta", sorrise Helga.

Angie si sedette dritta con il liquido intorno alle labbra. "Oh... ehm... fantastico."

"Ma non ho ancora finito. Ho così tanto bisogno di sborrare. Prenditi cura di me."

Con gli occhi che scrutavano la stanza, Angie vide i membri divertiti della squadra che li osservavano, desiderosi di vedere cosa sarebbe successo dopo.

"Possiamo farlo dopo? Voglio dire, in privato."

Helga si chinò e socchiuse le labbra. "Adesso."

Alcuni membri della troupe cinematografica hanno iniziato a smontare le luci e la telecamera. Altri erano in piedi. Altri si sono preparati per il colpo successivo. Angie si sentiva incredibilmente imbarazzata con la figa davanti al viso.

"Adesso?"

Helga annuì. "Mi piace essere un esibizionista."

Dopo un profondo respiro, Angie abbassò la testa e appoggiò la bocca sulla fica ancora una volta. Questa volta, la coperta non era lì per coprirlo. Questa volta, era all'aperto, per l'intera troupe cinematografica.

Chiuse gli occhi, temendo che la gente stesse guardando. Chi non vorrebbe vedere la famosa Helga divorata dal nuovo assistente?

Era un pensiero terrificante per Angie. Ma in un modo strano ed esibizionista, è stato eccitante. Soprattutto, era felice di avere almeno un assaggio della figa magica di Helga ancora una volta. Si leccò la lingua obbedientemente. Colpi su e giù. Proprio come voleva l'attrice.

«Guardami», disse Helga.

Angie aprì gli occhi per vedere il volto lussurioso del suo idolo. Con la coda dell'occhio, ha anche notato che diversi membri della troupe cinematografica stavano guardando. È stato umiliante, ma eccitante.

"Ci sono quasi," gemette Helga. "Così vicino. Non fermarti."

Con una nuova intensità, Angie si leccò la lingua ancora più forte. Il suo obiettivo era quello di compiacere il suo idolo. Ed era disposta a farlo, anche davanti alla troupe cinematografica. L'obiettivo era quasi raggiunto quando Helga continuava a gemere senza vergogna.

"Tira ulteriormente la lingua", gemette l'attrice. "OH MIO DIO..."

Angie ha continuato a leccare velocemente mentre Helga si teneva stretta la testa, strofinandosi i capelli nel processo. L'attrice gemeva e si lamentava.

L'attrice gemette rumorosamente e la bocca di Angie fu improvvisamente piena di un orgasmo quando arrivò Helga. È stato un orgasmo caldo e umido. Abbastanza caldo da far rabbrividire la famosa attrice.

"Accidenti," sospirò Helga. "La produttrice è stata una brava insegnante. O forse sei una persona naturale."

Angie si alzò a sedere e si asciugò il liquido dalle labbra con il dorso della mano. Si guardò intorno per vedere la squadra che tornava al lavoro dopo che alcuni di loro avevano osservato. Era imbarazzante, ma cercava di non curarsene.

"Cosa posso dire? Sono un piacere per le persone," Angie arrossì.

"Lo so. Ed è questo che amo di te."

L'attrice si è tirata giù il vestito per coprire la figa appena soddisfatta. Sorrise, si alzò e si preparò per la scena successiva.

CAPITOLO XII

Più tardi quella notte. Angie giaceva a letto ricordando gli eventi della giornata. Rispose tutto nella sua mente nei minimi dettagli.

Immaginava di leccare di nuovo la figa della produttrice. Ha quindi immaginato di fare sesso orale completo a Helga mentre una troupe cinematografica poteva guardare.

Il giorno prima era una vergine lesbica. Ma mentre era a letto quella notte, aveva già esperienza con due belle donne. Uno dei quali era il suo idolo.

Angie si portò due dita al clitoride e se lo strofinò. La sensazione di assaggiare la figa di Helga davanti a tutti era intensa. Era un potente sentimento di desiderio sessuale, lussuria e umiliazione.

Si strofinava e si strofinava. Mentre continuava a toccarsi, si chiese cosa avesse pianificato Helga dopo. Avevano un altro incontro privato programmato per la mattina successiva. Oh le possibilità, pensò.

Voleva disperatamente mangiare di nuovo la figa di Helga. Se fosse stato fortunato, forse Helga avrebbe ricambiato il favore. Ma era troppo sperare, dato l'enorme status di celebrità di Helga. Ma una ragazza può ancora sognare, giusto?

E quello fu il momento in cui venne...

CAPITOLO XIII

La mattina dopo presto. Angie salì al quinto piano per vedere Helga.

L'attrice sembrava appena uscita dalla doccia. Aveva i capelli raccolti e il viso truccato, anche se era presto. Indossava una veste di seta ed era scalza. Si scambiarono chiacchiere e convenevoli per la mattinata. Ma quando Helga inarcò un sopracciglio, era ora di mettersi al lavoro.

"Stai andando bene come mia nuova assistente", disse Helga. "Sono contento. Non molte donne possono svolgere i compiti."

"Lusinghiero a sentirti. Grazie."

"Dovrei essere io a ringraziarti. Il regista mi ha mostrato tutte le foto che abbiamo girato finora e la mia recitazione è fantastica. Ti devo tutto".

Angie arrossì: "No. Non posso prendermi il merito del tuo talento. Sei fantastica in tutti i film in cui hai recitato".

"Ma in quei film mi affido spesso a un assistente speciale. Soprattutto per i ruoli erotici. Ora mi fido di te."

"Mi sento molto onorato. Non so cos'altro dire."

"Angie, mi toglierò la vestaglia e voglio la tua onesta opinione. Va bene?"

Lei annuì lentamente. "Bene."

L'attrice ha lasciato cadere la vestaglia per rivelare un corsetto nero. Ha lasciato la sua figa scoperta, insieme ai suoi seni vivaci e ai piccoli capezzoli marroni. Sul suo viso c'era un'espressione di sensuale fiducia.

La mascella di Angie cadde e rimase senza parole.

"Beh, cosa ne pensi?" chiese Helga.

"Sembri... davvero sexy. Voglio dire, davvero sexy. È per le riprese di oggi?"

"No. È strettamente per te."

Angie sembrava perplessa. "Per me?"

L'attrice ha aperto un cassetto vicino ed ha tirato fuori un dildo strap-on.

"Angie, ho intenzione di fotterti con questo."

Deglutì a fatica. "Veramente?"

"Sì, davvero. Presumo che tu non sia vergine."

"No non sono."

"Questo sembrerà quasi lo stesso", ha spiegato Helga. "Ma invece del cazzo, sentirai il mio cazzo, che è questo dildo. Penso che ti piacerà."

"Ho sognato di leccarti di nuovo."

Helga rise. "Ecco perché amo i miei fan. Sarò qui per le prossime 3 settimane. Credimi, avrai tutto il tempo per leccarmi la figa. E anche mia moglie produttrice vuole essere leccata di nuovo. Hai una bocca talentuosa ." Ma per ora voglio fotterti".

Osservò il suo idolo sistemarsi la cinghia intorno all'inguine. Il dildo puntato in avanti. Angie deglutì a fatica. E si sentiva eccitata. Qualunque cosa stesse per accadere, Angie era determinata a goderselo. La sua figa sembrava pronta. C'era una sensazione di formicolio tra le sue gambe ei suoi capezzoli si erano induriti.

"Farò quello che vuoi", disse Angie. "Sono qui per te."

Helga sorrise: "So che lo farai. Ora mettiti a nudo".

Non richiedendo ulteriori istruzioni, Angie iniziò a togliersi i vestiti. Era vestita con un abito semplice. Ogni capo di abbigliamento è stato rimosso e lasciato cadere a terra.

È stato emozionante spogliarsi di nuovo davanti a Helga. Era più facile perché Helga l'aveva già vista nuda. E questa volta, Angie non ha dovuto camminare lungo il corridoio. Rimarrebbero solo nell'intimità della camera d'albergo.

Una volta che Angie fu nuda, si raddrizzò e lasciò che il suo idolo la guardasse bene.

«Vai alla finestra» ordinò Helga.

Angie si avvicinò alla finestra della camera d'albergo. Le tende erano aperte. La strada ha mostrato segni di vita mentre la gente ha iniziato a dirigersi verso il lavoro per la giornata.

"Metti le mani sul muro", disse Helga. "Piegati. Ma stai vicino alla finestra. Ho la sensazione che tu sia un lampeggiatore segreto."

Chiara obbedì. Si chinò, appoggiò le mani al muro, ma rimase vicino alla finestra.

Le sue gambe erano larghe e all'improvviso sentì la lingua di Helga scorrere su e giù per la sua figa. Era la prima volta che una donna si leccava la figa. Ed era Helga. L'Helga. La grande celebrità. Il suo idolo si stava davvero leccando la figa!

Furono parecchie leccate lunghe. La lingua di Helga entrò nel buco e roteò su se stessa. Angie avrebbe voluto che quella sensazione potesse durare per sempre, ma ovviamente non sarebbe stato così. Era solo per la lubrificazione naturale. Una volta che la figa di Angie fu abbastanza bagnata (e abbastanza calda), Helga si fermò.

Poi Angie sentì le sue labbra vaginali aprirsi e la punta del giocattolo sessuale duro fu posizionata tra le sue labbra vaginali.

"Dovresti esserne felice", disse Helga. "Sto facendo di te una donna."

Detto questo, l'attrice ha spinto e il sex toy è entrato nella figa di Angie. Entrò in un colpo solo. Improvvisamente, il buco stretto di Angie veniva allungato su comando del suo idolo.

"Oh Dio," Angie ansimò. "Oh Dio."

Il dildo è stato ritirato, poi c'è stata un'altra spinta. Una spinta più dura.

"Guarda fuori. Tieni gli occhi sulla strada."

Angie guardò fuori dalla finestra mentre Helga dava un pugno sempre più forte. Pianse per l'intensa sensazione nella sua figa. È stata anche sopraffatta dalla sensazione esibizionista di essere rivendicata davanti a una finestra. Era solo al 5 piano e la famosa Helga la stava scopando.

Lei piangeva e piangeva.

"Ecco fatto," disse Helga. "Immagina di essere guardato da tutte quelle persone che lavorano sodo. Immagina che sappiano che li possiedo. Saprebbero che sei la mia sottomessa ."

Quelle parole mandarono un brivido lungo la schiena di Angie mentre la sua figa veniva allungata dal sex toy. Le sue dita dei piedi si aggrapparono al pavimento e le sue mani premettero forte contro il muro.

Helga ha usato una mano per pizzicare il delicato capezzolo rosa di Angie e un'altra mano per strofinare il clitoride dolorante di Angie.

Era un'estasi sessuale completa nei sensi fisici e mentali di Angie. Il bene. Il tipo che induce l'orgasmo.

"La mia fica!" pianse Chiara. "Oh Dio! La mia fica! Quella... quella..."

Helga ha scopato più forte. Pizzicò più forte il capezzolo rosa di Angie. E strofinato il clitoride di Angie ancora più velocemente.

"Fallo uscire, Angie. Fammi uscire. Va tutto bene."

Era un orgasmo che Angie non avrebbe mai dimenticato. Un flusso di liquidi le scorreva lungo le gambe e sul tappeto. I suoi muscoli si contrassero e lottò per rimanere in piedi. La sua bocca si spalancò e il suo cuore batteva rapidamente.

Quando l'orgasmo finì, Helga smise di spingere e si ritirò.

«Voltati», disse Helga. "In ginocchio".

Angie usò l'energia che le era rimasta per obbedire. Si è messa in ginocchio.

"Leccami per bene", disse Helga, muovendo i fianchi per scuotere il sex toy. "Hai combinato un pasticcio. Ora puliscilo."

Angie ha iniziato dall'alto. Ha leccato il sex toy, succhiandolo, assaporando i propri liquidi vaginali. Poi baciò e leccò le cosce di Helga. Poi i suoi polpacci. Poi la punta dei suoi piedi.

«Alzati», disse Helga.

L'attrice ha sciolto la cintura e l'ha buttata via.

Quando entrambe le donne si trovarono faccia a faccia, Helga si avvicinò alla ragazza e la baciò sulle labbra. Si scambiarono il gusto dei fluidi orgasmici di Angie nella bocca dell'altra. Era un bacio appassionato ed energico con la lingua.

Sebbene Angie fosse sessualmente esausta, il bacio l'aveva riportata in vita.

"Sei la mia sottomessa per le prossime settimane", disse Helga. "Tutto quello che voglio, lo farai. In cambio, ti prometto i migliori orgasmi che tu abbia mai. È chiaro?"

Angie annuì e sorrise: "Era tua dal primo giorno in cui ci siamo incontrati".

Hanno continuato il loro abbraccio. Le loro braccia si avvolsero l'una intorno all'altra e continuarono a baciarsi sulle labbra.

FINE

63